KB097137

돌 위에 새긴 생각

돌 위에 새긴 생각

정민
엮고 지음

열림원

내 방에 들어오는 것은 다만 맑은 바람뿐
나와 마주해 술 마시는 것은 오직 흰 달만

책을 펴내며

돌에 글자를 새기는 것은 마음을 새기는 일이다. 칼은 힘이 좋다. 칼 위에 마음을 얹으면 돌 속에 내 마음이 아로새겨진다.

여기 소개하는 『학산당인보學山堂印譜』는 명나라 말엽 장호張灝란 이가, 옛글에서 좋은 글귀를 간추려 당대의 대표적 전각가들에게 새기게 해 엮은 책이다. 조선의 이덕무가 이 인보의 글귀에 매력을 느꼈다. 풀이글을 따로 베껴 소책자로 만든 뒤 박제가에게 서문을 부탁한 일이 있다. 이 글이 흥미로워 중국에서 영인한 『학산당인 보』를 구해 한동안 책을 손에서 놓지 못하고 지냈다. 나도 그 책의 여백에 조금씩 메모를 남겨 보았다. 그것을 모은 것이 바로 이 책이다.

삼십대 중반이던 1998년, 대만 정치대학교에 일 년간 교환교수로 머물 당시 정경륭鄭景隆 선생을 따라 전각을 배웠다. 창밖으로 쏟아지는 빗소리를 들으며 돌파기에 열중하던 그 순수한 몰입의 순간을 잊을 수 없다. 귀국 후 전각에 대한 내 몰두를 기념하고 그를 위한 작은 선물로 2000년 7월에 이 책의 초판을 펴냈었다.

이후 지난 2012년 방문학자의 신분으로 보스턴 하버드대학교 옌칭연구소에 일 년간 머물 기회를 가졌다. 그곳 희귀본 서가에서 처음 『학산당인보』의 원본과 마주했을 때는 참으로 감격스러웠다. 책을 열람실로 빌려 내와 전권을 한 장 한 장 정성스레 촬영했다. 그래서 이 책은 십여 년 만에 다시 내 삶 속에 슬며시 끼어들었다.

전각은 서예와 조각, 회화와 구성을 포괄하는 종합예술이다. 돌 하나하나의 구성과 포치도 그렇지만, 그 행간에 담겨 있는 옛사람의 숨결이 뜨겁기만 하다. 더욱이 내가 사랑하는 이덕무와 박제가가 이 책의 인문印文을 한 자 한 자 풀이하며 그 마음과 만났던 인연까지 있으니 더욱 고맙지 아니한가.

돌 위에 새겨진 옛사람들의 생각을 따라 읽다가 어느새 나는 지금 여기의 삶을 돌아보게 된다. 한 획 한 획 칼날이 지나간 자리에 간난艱難과 고민의 한 시절을 살았던 선인들의 열정과 애환이 담겨 있다. 막상 그때 거기와 지금 여기가 달라진 것이 하나도 없다는 사실이 쓸쓸하다.

이제 예전 펴냈던 책에 옌칭도서관에서 촬영해온 내용 중에서 새롭게 추려낸 인장 수십 방을 더 보태 한 시절 인연의 증거로 이 책을 세상에 다시 내보낸다.

2017년 가을
행당서실에서
정민

『학산당인보』 풀이글에 붙인 서문

박제가

오늘날 총명하지 못한 자는 옛사람의 책을 무덤덤하게 보는 것이 문제다. 옛사람은 결코 범상한 말을 하지 않았으니 어찌 무심코 보겠는가? 유독 저 학산당 장씨의 인보를 보지 못하는가? 사람들은 그것이 인보인 줄로만 알 뿐 천하의 기이한 문장인 줄은 모른다. 인보의 글인 줄만 알지 일찍이 옛사람의 말이 한 마디도 이와 같지 않음이 없는 줄은 알지 못한다.

대저 장씨가 이 작업을 한 것은 명나라 말엽 붕당의 시대에 음이 설치고 양이 쇠퇴한 운수를 만나, 충정과 울분을 품고 홀로 가며 함께할 사람이 없고 보니, 불평한 기운을 펼 곳이 없었다. 이에 경사자집經史子集과 백가百家의 운치 있는 말을 뽑아 인보로 만들어 풍자의 끝자락에 가탁하고 새겨 파는 사이에 갈다듬었다.

뒤집어 말한 것은 사람을 격동시키기 쉽고, 곧장 말한 것은 사람에게 깊이 파고든다. 글은 짧지만 의미는 길고, 널리 채집했어도 담긴 뜻은 엄정하다. 『시경』 국풍國風의 비흥比興과 「이소離騷」의 원망과 그리움, 뒷골목에서 부르는 노랫가락의 탄식하고 영탄하는 것과 매한가지다. 비록 즐겨 웃고 성내 나무라는 것이 수없이 되풀이되고, 은혜와 원망, 뜨겁고 찬 정태情態가 서로 달라도, 뼈에 사무치는 소리와 눈을 찌르는 빛깔만큼은 천년 세월에도 더욱 새로워 끝

내 없어질 수가 없다.

그럴진대 시원스럽기는 멍청한 자를 지혜롭게 할 수가 있고, 우뚝함은 여린 자를 굳세게 할 수가 있다. 소인은 원망하는 마음을 가라앉히기에 충분하고, 군자가 바른 기운을 붙들어 세우기에 넉넉하다. 진실로 명리의 심오한 곳집이요, 글쓰기의 열쇠이며, 용렬한 자의 눈에 낀 백태를 긁어내는 쇠칼이요, 무너지는 풍속의 버팀돌인 셈이다.

읽는 사람이 이 책에서 진실로 통곡하고 울고 싶은 마음과 놀라 경악할 만한 형상을 얻을 수만 있다면, 천하의 기이한 문장도 이 같은 데 지나지 않고, 옛사람의 천 마디 만 마디 말도 이 같은 데 불과할 것이다. 말을 토해내면 조곤조곤 들을 만하고 종이를 붙들면 훨훨 날아 즐길 만하여, 총명이 열리고 깨달음이 이를 것이니 또 어찌 오늘날의 인보에 그칠 뿐이겠는가?

나의 벗 이덕무가 풀이글을 직접 베껴써서 내게 서문을 청하였다. 아! 압록강 동쪽에서 무덤덤하지 않게 책을 보는 자가 몇이나 되랴. 결국 사람들은 내 말을 믿지 않을 것이 분명하다. 아!

學山堂印譜抄釋文序

今之聰明不開者，患在淡看古人書．夫古人絕不作凡語，何淡之有？獨不見夫學山堂張氏之印譜乎？人知其爲印譜而已，不知其天下之奇文也，知其印譜之文而已．曾不知古人之語之無一不如是者也．

夫張氏之爲此也，當明末朋黨之世，值陰盛陽衰之運，懷忠抱憤，獨行無偶，不平之氣，無處發洩．於是襍取經史子集，百家之韻語，摘爲印藪，假托譏刺之末，摩挲乎篆刻之間．

反言之則激人也易，直言之則入人也深．文短而意長，采博而旨嚴．國風之比興也，離騷之怨慕也，里巷歌謠之咨嗟詠歎也，雖嬉笑怒罵，反復百出，恩怨炎凉，情態互殊，而其砭骨之聲，刺眼之色，千載愈新，不可得以終泯．

則冷然而癡者可慧，森然而妍者可毅．小人足以平其忮心，君子足以扶其正氣．誠名理之奧府，辭命之鑰匙，關茸之金箆，頹俗之砥柱者矣．

讀者於此苟得其欲哭欲泣之心，可驚可愕之狀，則天下之奇文，不過如是，古人之千言萬語，不過如是．吐詞則霏霏而可聽，摛翰則翩翩而可樂，聰明開而悟解來矣，又豈特今日之印譜而已哉？

吾友懋官爲之釋文手抄而索余序，嗚呼！鴨水以東，不淡看書者幾人．則宜余言之不見信也夫．噫！

귀 있어도 맛없는 말 듣지 않으며
손 있지만 뜻 없는 이에겐 읍하지 않네

好學者雖死若存
不學者雖存
行尸走肉耳

배우기를 좋아하는 사람은 비록 죽더라도 산 것과 같고,
배우지 않는 자는 비록 살아 있어도
걸어다니는 시체요, 달리는 고깃덩어리일 뿐이다.

배우지 않는 삶, 향상이 없는 생활, 꿈꾸지 않는 나날.
이것은 사는 것이 아니다.
배워 변화하지 않는 삶은 밥벌레의 하루일 뿐이다.

越不聰明越快活

멍청할수록 더 쾌활해진다.

나는 바보가 되고 싶다.
귀와 눈의 총명을 멀리하고 보다 바보같이,
나날이 어수룩하게 그렇게 살고 싶다.
대신 그 자리에 쾌활한 마음 하나 들여두고
기쁘게 사물과 만나는 그런 삶을 살고 싶다.

寂寞深山何堪久著
曰多情花鳥不肯放人

"적막한 깊은 산에 어이 오래 머물러 있는가?"
"다정한 꽃과 새가 날 놓아주질 않는구려."

왜 사람 없는 적막 산중에 깃들어 사느냐고?
산속이 적막한 것은 자네 마음이 적막한 까닭일세.
피고 지고 또 피는 저 꽃들. 아침마다 잠을 깨우는 새들.
저 정다운 것들을 두고 어찌 여길 떠날까?

夢中亦有敲門客
報道莊周騎蝶來

꿈속에도 문 두드리는 손님 있더니
장자가 나빌 타고 찾아왔다네.

한잠 잘 자고 있는데 누가 자꾸 문을 두드린다.
누군가 나가보니
장자가 제 꿈속의 나비를 잡아타고
내 꿈속으로 나를 찾아왔구나.
싱거워서 그만 잠이 깨고 말았다.

是非愛惡銷除盡
惟寄空身在世間

시비와 애오를 죄 녹여 없애두고
텅 빈 몸 세간 속에 부치어두네.

옳으니 그르니 하는 분별은 더이상 내 일이 아니다.
미워하고 아끼는 감정도 이제는 없다.
무덤덤하게 목석과도 같이 텅 빈 몸을
이 티끌 세상에 잠시 맡기어둘 뿐이다.
나는 그렇게 살다 가겠다.

我本薄德人　宜行積德事
我本薄福人　宜行惜福事

내 본래 박덕한 사람이거니 마땅히 덕 쌓을 일을 해야지.
내 본래 박복한 사람이거니 의당 복 아낄 일 해야 되겠네.

덕은 쌓기가 어렵지만 복을 아끼기는 더 어렵다.
부족한 덕은 쌓아 보태고, 모자란 복은 아끼고 아껴야지.
덕이 부족한 것이 늘 부끄럽지만 복이 부족한 것은 부끄럽지 않다.
다만 내 복을 내가 까부르지 않도록 자꾸 스스로를 돌아볼 뿐이다.

仰面問天天亦苦

고개 들어 하늘에게 물으니
하늘 또한 괴롭다 하네.

혼자 끙끙 앓다가 세상일 어째 이리 불공평하냐고 따져 물었다.
하늘이 대답했다.
"나도 괴로워 죽겠다. 이 녀석아!
내게 따져 묻지 마라.
너 혼자 삭여야지 내게 물어 어쩌자는 게냐."

贈人以言
重於金石珠玉

남에게 말을 주는 것이
금석이나 구슬을 주는 것보다 낫다.

몸에 약이 되는 말을 한마디 건네는 것이
재물을 주는 것보다 훨씬 낫다.
재물을 받으면 그때뿐이고, 지나면 더 바래지만,
정문頂門에 일침이 되는 말 한마디는
흐리멍덩하던 정신을 깨어나게 한다.

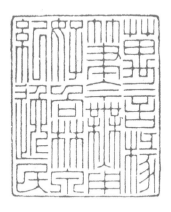

萬言椽筆今無用
好向林泉紀逸民

만언의 큰 붓도 이제는 쓸데없어
임천을 향해 가서 숨은 백성 되리라.

한번 잡으면 만언의 열변을 토하던
서까래같이 장하던 붓도 이제는 쓸모없이 되었다.
어지러운 세상에서 애써도 되지 않을 일에 마음 다치기보다
자연 속에 들어가 잊힌 백성으로 살다 가련다.

誰肯艱難際
豁達露心肝

그 누가 이 어렵고 힘든 시절에
시원스레 속내를 털어놓을까?

오늘 한 말이 내일 화살이 되어 내게로 날아온다.
혀끝이 칼끝이다.
조심하고 삼가라.
속내를 털어놓지 마라.

本無軒冕意
不是傲當時

애초에 벼슬에 뜻 없었던 게지,
세상을 우습게 본 것 아닐세.

내가 뭐 잘났다고 세상을 우습게 보겠는가?
그저 내 한 몸 옳게 건사하며 한세상 건너려 한 것이지,
벼슬해서 출세하려는 마음은 없었다네.
여보게, 오해는 말게.

讀書不多膽不大
造理不精心不卑

독서가 많지 않아 담이 크지 못하나
조리는 거칠어도 마음은 낮지 않네.

독서의 온축蘊蓄이 없고 보니
판단하고 결행해야 할 때 자꾸 미적거린다.
겁이 나고 주눅이 든다.
이치의 공부가 비록 정밀하지는 않아도
내 마음만은 떳떳하고자 한다.

權重持難久
位高勢易窮

권세가 무거우면 오래 지니기 어렵고
지위가 높으매 그 세가 쉬 다한다.

열흘 붉은 꽃이 없거늘 하물며 덧없는 권세랴.
잠시 거품처럼 스러질 그 지위를 믿고
자꾸만 제 발등을 찍고 있구나.

白石淸泉冷笑人

흰 돌 맑은 샘, 씩 웃는 사람.

겨울 시내엔 물이 줄어 흰 돌이 다 솟았다.
흰 몸을 드러내놓고 한겨울을 견딘다.
막힘이 없구나, 차고 맑은 샘물은.
멍하던 정신이 번쩍 든다.
차고 시린 세상에서 겪는 많은 일들,
저 샘물처럼, 저 흰 바위처럼 그냥 씩 웃고 말리라.

志士惜浪死

뜻 있는 선비는 허랑되이 죽지 않는다.

곧게 한 치의 흔들림 없이 내려그은
스물세 개의 곧은 필획 속에서
어지러운 시절 흔들리지 않으려 다잡던 그 마음을 읽는다.
값없는 죽음은 개죽음이다.
한낱 목숨이 아까워서가 아니다.
내 이름에 부끄럽지 않으려 함이다.

有耳不聽無味語
有手不揖無意人

귀 있어도 맛없는 말 듣지 않으며
손 있지만 뜻 없는 이에겐 읍하지 않네.

여운이 없는 말, 울림이 없는 이야기는 그저 소음일 뿐이다.
내 귀는 그런 소리를 들이지 않으리라.
생각 없는 사람, 주견 없이 사는 인생 앞에서는
결코 두 손을 맞잡아 예를 표할 수가 없다.
설사 그의 지위가 높고 명성이 화려하다 할지라도.

天網恢恢
疎而不漏

하늘 그물 드넓어서
성글어도 새지 않네.

하늘의 그물은 코가 너무 커서 아무것도 걸리지 않는다.
그러나 그 큰 그물코를 벗어날 사람이
하나도 없다.

藥裏關心詩總廢
花枝照眼句還成

약 먹으며 마음 닫고 시를 모두 폐했는데
꽃가지 눈에 들자 시가 절로 이뤄지네.

병든 몸, 마음의 창마저 닫아걸고 시 지을 흥조차 일지 않았다.
재처럼 싸늘히 식은 마음.
그러다 문득 창밖에 눈을 주니 화사한 꽃떨기가 눈에 비쳐든다.
목석같던 마음에 생기가 돈다. 물기가 올라온다.

進亦憂退亦憂
何時而樂乎

나아가도 근심이요 물러나도 근심이니
언제나 즐거우랴.

세상길은 근심의 길이다. 도처에 그물이다.
높은 지위에 오르고 보니 내려올까 근심이요,
무엇을 얻어 내 손에 넣자, 잃을까 걱정이다.
손에 넣으려는 욕심, 출세하고 말겠다는 집착을 걷어내면
내 안에서 즐거움이 샘솟을까?

海內存知己
天涯若比隣

나라 안에 날 알아줄 벗이 있으니
하늘가에 있어도 이웃과 같다.

내 마음을 알아주는 그 한 사람의 벗이 있어
이 차가운 인생이 살아갈 힘을 얻는다.

苟有利焉
不顧親戚兄弟

진실로 이로움이 있다면
친척이나 형제도 돌아보지 않는다.

재물의 이익 앞에서는 친척도 형제도 없다.
눈에 뵈는 것이 없다.
아! 슬프다.
손에 쥔 모래 같은 재물 앞에서 목숨을 건 아귀다툼이
끊일 날이 없으니.

富貴者安敢驕人

부귀한 사람이 어찌 감히 남에게 교만하랴?

더 내려갈 곳이 없는 사람만이 교만할 수 있다.
부귀한 사람은 교만 떨 여유가 없다.
제 것을 잃지 않으려고 오히려 눈치를 본다.
그러나 빈천한 사람의 굽실거리는 모습처럼 추한 것도 없다.
속이 허한 사람에게 가난은 비참할 뿐이다.
속이 빈 사람의 부귀도 단지 허세와 파멸을 가져다준다.

聞人善則疑
聞人惡則信
此滿腔殺機也

남의 선함을 들으면 의심부터 하고
남의 악함을 들으면 덮어놓고 믿는다.
이것은 마음속에 가득한 살기다.

남의 선행을 들으면 "그럴 리가 있나?" 하다가
남의 악행을 들으면 "그러면 그렇지" 한다.
구제불능의 못된 심보다.

莫嫌山木無人用
大勝櫳禽不自由

산속 나무 쓰는 이 없다 싫어할 것 없느니
조롱 속 새 자유롭지 못함보다 훨씬 낫지 않은가.

못생긴 산속의 나무는 거들떠보는 이가 한 사람도 없지만
제 생긴 그대로 살아간다.
어여쁜 새는 조롱 속에 살면서 많은 사람들의 사랑을 받아도
좁은 새장 안에서 주는 모이만 먹다가 생을 마친다.

往事勿追思
思思多悲愴

지나간 일일랑은 생각지 말자.
생각하면 자꾸만 슬퍼지느니.

지난 일 돌이켜 무엇하리.
아쉬운 대로 서운한 대로 그렇게 흘려 떠나보내야지.

多費則多營
多營則多求
多求則多辱

허비함이 많으면 도모함이 많고
도모함이 많으면 구함이 많으며
구함이 많으면 욕됨이 많다.

공을 들이는 것은 속셈이 있어서다.
그러다 제풀에 본색을 드러내고 만다.
들인 공이 무색하다.

信命者亡壽夭
信理者亡是非

천명天命을 믿는 자는 수요가 없고
이치를 믿는 자는 시비가 없다.

천명 속에 마음을 맡기니
오래 살고 일찍 죽는 것이 문제가 아니다.
이치를 믿어 의심치 않으니
옳으니 그르니 하는 다툼이 의미가 없다.
내 마음은 닦아놓은 거울이다.

帝言女仙才努力勿自輕

하느님께서 말씀하셨다.
너는 신선의 재질을 지녔으니
노력하여 스스로 가벼이 하지 말라.

천상에서 죄를 지어 잠시 인간세상에 귀양 온 것이니,
이 세상의 고초는 마땅히 겪어야 할 시련일 뿐이니라.
그 고통에 짓눌려 제 몸을 헐지 말고 모름지기 자중자애하라.

但願老死花酒間
不願鞠躬車馬前

다만 꽃과 술 사이에서 늙어 죽기 원할 뿐
수레와 말 앞에서 수그리고 싶진 않네.

권력 앞에 비굴하게 몸을 굽히기보다는 꽃 보며 술 마시고
내 삶을 즐기며 늙어가는 그런 삶을 살겠다.

孤琴在幽匣
時迸斷弦聲

거문고 갑 속에 넣어뒀더니
이따금 줄 끊기는 소리 들려오누나.

갑 속에 든 거문고가 제 서슬에 줄을 끊는다.
저도 무슨 강개한 마음이 있었던가?
아무도 거들떠보지 않으니 제 존재를 알리고 싶었던 걸까?

入吾室者
但有淸風
對吾飮者
惟當皓月

내 방에 들어오는 것은 다만 맑은 바람뿐이다
나와 마주해 술 마시는 것은 오직 흰 달만.

날 찾는 손님은 맑은 바람뿐이다.
함께하는 술친구는 흰 달밖에 없다.
어서 오게! 한잔 받게!
백 년간 시름없을 일을 상의해보세그려.

君子有不幸而無有幸

군자는 불행함이 있을지언정 다행함은 없다.

옳은 길을 의심 없이 갔더니 불행만이 남았다.
그러나 그 불행이 내 정신을 침노하진 못하리라.
오히려 바른길을 걷다 만나는 고통이 나는 자랑스럽다.
운 좋게 요행으로 잘되는 것은 원치 않는다.

念天地之悠悠
獨愴然而涕下

천지의 유유함을 생각하자니
홀로 구슬퍼져 눈물 흘린다.

이 땅, 이 하늘, 변함없이 되풀이되는 일상.
유정한 자연 속에 무정한 세월.
천지 속의 인간은 위대한 고독자다.

勿言小大異
隨分有風波

작고 큼이 다르다고 말하지 마라.
분수 따라 풍파가 있는 법일세.

남의 떡이 커 보인다고 덮어놓고 부러워하지 마라.
지닌 것이 많고 보니 풍파 또한 잠잠할 날이 없는 것을.

德業常看勝於我者
福祿常看不如我者

덕업은 언제나 나보다 나은 이를 보고
복록은 늘 나만 못한 사람을 보라.

마음의 수양은 늘 부족한 듯이.
재물은 부족해도 넘치는 듯이.
만족할 것에 만족하고
만족해서 안 될 것에는 만족하지 않으며.

安往而不得貧賤哉

어디 간들 빈천이야 얻지 못하랴.

밑바닥까지 내려갈 작정이 서면 겁날 것이 없다.
가야 할 길이 또렷이 보인다.
제 가진 것 잃지 않으려는 안간힘 때문에
알량한 부귀에 제 명예를 판다.

大道平開無人走
獄門深閉有人敲

큰길은 평평히 활짝 열려 있어도 그리로 가는 이가 없고
감옥 문은 굳게 닫혀 있건만 두드리는 사람이 있다.

그 마음을 알 길이 없다.
가야 할 길은 저리도 분명한데
가서는 안 될 길만 골라서 가는구나.

不爲俗情所染
方能說法度人

속된 정리에 물들지 않아야
바야흐로 법도 있는 사람이라 말할 수 있다.

법도는 마음의 중심이다. 줏대다.
줏대가 있으면 이런저런 세속의 정리에 우왕좌왕하지 않는다.
갈피를 잡아라. 줏대를 세워라.

宇宙雖寬
世塗渺於鳥道

우주가 비록 드넓어도
세상길은 새의 길보다 좁다.

이 넓은 천지 아래 내 한 몸 편히 눕혀둘 곳이 없다.
그 많은 길 중에 내가 걸어갈 길은 보이지 않는다.
아! 답답하다.

夕佳軒

저녁이 아름다운 집.

사람은 저녁이 아름다워야 한다.
젊은 날의 명성을 뒤로하고 늙어 추한 그 모습은
보는 이를 민망하게 한다.

世無洗耳翁
誰知堯與跖

세상엔 귀 씻는 늙은이가 없거니
그 누가 요 임금과 도척을 알리.

천하를 주겠단 말을 듣고
귀를 씻던 허유許由는
지금 세상에선 찾아볼 수가 없다.
시비선악의 분별도 없고
자리를 가리지도 못하는 세상이다.
이익 앞에 못 하는 짓이 없다.

人生不滿百
常懷千歲憂

인생이 백 년을 못 채우건만
언제나 천 년 근심 품고 사누나.

잠시 왔다 가는 인생에 근심은 어이 이리 끝이 없느뇨.
근심에 짓눌려 인생의 향기가 날로 시들어가니
나는 이것을 슬퍼한다.

讀十年書
天下無不可醫之病

십 년간 책을 읽으면 천하에 고칠 수 없는 병이 없다.

두문불출하고 뜻을 세워 십 년간 독서하니
천하의 일을 앉아서도 손금 보듯 훤히 알겠다.
지난날의 어리석고 미혹한 생각들이 자꾸만 떠올라
낯을 들 수가 없다.

功成身不退
自古多愆尤

공을 이루고도 물러나지 않으매
예부터 허물이 많게 되는 것이다.

물러날 때는 미적거리지 마라.
자리를 뭉개고 앉아 앞서 쌓았던 공을 제 손으로 헐지 마라.

泉石膏盲
煙雲痼疾

시내 바위 사랑해 병이 되었고
구름 안개 아껴서 고질이 되었네.

시냇가 돌이 폐부에 들러붙어 내 몸의 일부가 되었다.
저것들 없이는 단 하루도 살 수가 없다.
구름과 안개를 사랑하는 나날이 고칠 수 없는 고질이 되었다.
이 따뜻한 자연을 벗어날 길이 없다.

不風之波
開眼之夢
皆能增進道心

바람이 없는데 일렁이는 파도,
눈을 뻔히 뜨고 꾸는 꿈.
이 모두 도를 향한 마음을 증진시킨다.

바람이 없는데도 물결은 인다.
한낮에 길을 가면서도 꿈을 꾼다.
잦아들지 않는 파도, 깨지 않는 꿈.
도의 길을 향해 가다 만나는 주체할 수 없는 설렘.

難將一人手
掩盡天下目

한 사람의 손을 가지고는
천하의 이목을 가리기가 어렵네.

손바닥 두 개로 가릴 수 있는 것은 제 얼굴뿐이다.
제 낯을 가려놓고 아무도 못 보았겠지 한다.
불쌍한 사람이다.

觀書悟昨非
把酒知今是

책 보다 지난날이 잘못됨을 깨닫고
술잔 잡고 지금이 옳음을 아네.

책을 읽다 부끄러운 지난날이 자꾸 떠오른다.
그때 내가 왜 그랬을까? 갈 길은 이렇게 분명한데.
그래서 술잔 들고 지금 내 가는 길을 축복하고자 한다.

人嚼得菜根
則百事可作

사람이 풀뿌리를 씹을 수 있다면
무슨 일이든 할 수가 있다.

먹을 것이 없어 풀뿌리의 쓴맛을 맛본 사람은 못할 일이 없다.
바닥까지 내려가본 사람은 더이상 내려갈 곳이 없다.
올라갈 일만 남았다. 거침이 없게 된다.

洞口鳥呼鳥
山頭花戴花

골짜기의 새들은 새를 부르고
산머리의 꽃들은 꽃을 꽂았네.

새들은 새들끼리 꽃들은 꽃들끼리 사람은 사람끼리,
그렇게 서로 부르고 어울리며 한세상 건너간다.

昔爲意氣郞
今作寂寞翁

그 옛날엔 의기에 찬 젊은이더니
이제는 적막한 늙은이일세.

어디 갔을까? 그 빛나는 젊음은. 의기에 찬 야망의 시간들은.
거울을 보면 외로이 저물어가는 한 늙은이가
물끄러미 나를 보고 있다.

傲骨俠骨
媚骨賤骨
總成枯骨

오만한 사람도 의협이 강한 사람도,
아첨하던 자도 천한 자도,
마침내 모두 다 마른 뼈가 되나니.

땅에 묻혀 마른 뼈가 되고 보면 생전의 모든 일이 다 덧없다.
'골骨' 자만 모두 다섯 번이 나오는데 그 새긴 모양이 제각각 다르다.
마치 그네들 살아온 삶이 같지 않듯이.

誰能買仁義
令我無寒飢

뉘 능히 인의를 팔아
내게서 추위와 주림을 가져가줄까?

인의의 길에는 득의 대신 추위와 주림만이 동무가 된다.
의롭고 어진 길을 뚜벅뚜벅 걸어가
내 삶의 누추한 그늘을 벗어던지고 싶지만……

恨古人不見我

옛사람이 날 보지 못함이 한스럽구나.

책을 열고 나는 옛사람과 만난다.
그때 그의 마음을 알 수 있을 것만 같다.
그렇지만 그는 정작 아득한 훗날에 어떤 사람이 있어
이러이러한 생각을 하다 간 줄을 알지 못할 터이니
나는 그것을 애석해한다.
아! 나는 그를 벗으로 여기는데 그는 나를 벗할 수가 없구나.

少年登高科一不幸

젊어 높은 지위에 오르는 것은 하나의 불행이다.

젊은 날의 출세는 불행의 시작일 뿐이다.
그는 시련과 역경을 경험하지 않았으므로 좌절도 빠르다.
지금은 높이 우뚝 서 있지만 조그만 환난에도 꺾이어
무너지기 쉽다.

喜極勿多言
怒極勿多言

너무 즐거울 때는 많은 말을 하지 마라.
노여움이 지극할 때도 많은 말을 하지 마라.

많은 말은 언제나 침묵만 못하다.

學然後知不足

배운 뒤에야 부족함을 안다.

평생 부족함을 모르고 자족하는 인생은 참 슬프다.
배움이 없이는 내가 부족하다는 그 뼈저린 자각도 없다.
부끄러움도 없다.

生無一日懽
死有萬世名

살아선 단 하루도 즐거운 날 없었지만
죽어서는 만세토록 이름이 있네.

죽은 뒤 만세의 이름이야 나와 무슨 관계랴.
아! 허망하구나 그 이름은.
쓰디쓴 날들이 남기고 간 희미한 위로.
그래도 기쁘게 그 길을 갈 수 있었던 것은,
그 쓴맛 속에서도 걸어온 길 뉘우치지 않을 수 있었던 것은……

君子處域內
何異蝨之處褌乎

군자가 세상에 사는 것은
이가 고쟁이 속에 사는 것과 무에 다르랴.

홀쩍 떠나고 싶어도 떠나지 못한다. 벗어날 길이 없다.
고쟁이만 걸려 있고 더운 살과 피가 없다면 다른 얘기겠지만······

글은 깊은 이해를 구하지 않고
거문고는 애오라지 홀로 즐긴다

呑舟之魚
陸處則不勝螻蟻螳

배를 삼킬 만큼 큰 고기도
뭍에 있으면 땅강아지나 개미를 이기지 못한다.

뻗을 자리를 보고 뻗어라. 설치지 마라.
물속에선 펄펄 뛰던 큰 고기가 뭍에서는 개미 밥이 된다.
두 눈을 멀쩡히 뜨고 꼼짝없이 당하고 만다.

人有異我心
我無異人意

남들이야 내 마음과 같지 않아도
나는야 남의 뜻과 다름이 없다.

나는 꿍꿍이속을 따로 갖지 않으련다.
끊임없이 눈치 보고 잔머리 굴리고
남을 이용해 먹을 생각이나 하며 그렇게 살지 않겠다.

君子直而不挺
曲而不詘

군자는 곧아도 뻗대지 않고
굽히더라도 양보하지 않는다.

빛나되 번쩍거리지 마라.
예리하되 그것이 남을 다치게 해서는 안 된다.
제가 곧다 해도 남을 업신여기지 마라.
포용하되 속도 없이 다 내주어서는 안 된다.

少年多失
改之爲貴

젊어 실수가 많더라도 이를 고치면 귀하다.

젊은 날 잘못 많았던 것도 부끄럽지만
늙도록 그 버릇 못 고친다면 설 땅이 없게 된다.
잘못을 고쳐 새로 시작한다면
전날의 허물이 그의 지금을 더욱 빛나게 하리라.

行輕招辜
貌輕招辱

행실이 가벼우면 허물을 부르고
모습이 경망하면 욕을 부른다.

가벼운 행동이 쌓여 돌이킬 수 없는 허물이 된다.
경박한 몸가짐으로 인해 남에게 모욕을 당한다.
다 내가 자초한 일이다.

施人謹勿念
受施謹勿忘

남에게 베풀었으면 생각지 말고
베풂을 받았거든 잊지를 마라.

베풀고 나서 생색을 낼 양이면 아예 주지를 말 일이다.
내민 손이 부끄럽다. 그렇지만 남에게서 받은 은혜는
가슴에 깊이 새겨 잊어서는 안 된다.

當歌欲一放
淚下恐莫收

한바탕 노래라도 불러보고 싶지만
눈물이 쏟아지면 걷잡을 수 없으리.

노래와 눈물은 함께 간다.
마음속에 눌린 회포를
목청껏 한 곡조 노래로 불러도 보고 싶지만
정작 그때 내 감정을 주체하지 못할까 염려한다.

野鶴雖飢
飮啄閒

들의 학은 비록 주려도, 마시고 쪼는 것이 한가롭다.

굶주려도 기품을 잃지 않는다.
허겁지겁 모이를 향해 달려드는 참새떼의 경망함을 나무라듯이.
그 굶주림과 목마름을 마치 음미하기라도 하듯이.

心無度者
其所爲不可知矣

마음에 법도가 없는 자는 그 하는 바를 알 수가 없다.

중심이 바로 서지 않으면 못할 짓이 없다.
자기가 지금 무슨 짓을 하는지도 모르면서
스스로 옳다고 생각하며 제멋대로 한다.
스스로 옳다고 생각하기 때문에 그 결과는 더욱 참담하다.

半隖白雲耕不盡
一潭明月釣無痕

언덕 저편 흰 구름은 갈아도 끝이 없고
연못 위 밝은 달은 낚아도 흔적 없네.

끝없이 펼쳐진 구름밭을 간다.
갈고 또 갈아도 끝이 없다.
연못 위에 달빛이 도장을 하나 찍어놓았다.
아무리 낚아올려도 연못엔 물결 하나 일지 않는다.

無事而憂
對景不樂
便是活地獄

일이 없는데도 근심겹고
경치와 마주해서도 즐겁지가 않다면
이게 바로 산지옥이다.

공연히 가슴이 짓눌리고 평소 즐겁던 일이 조금도 기쁘지가 않다.
모든 게 시큰둥하고 남의 일 같고 나와는 상관없게만 보인다.
답답하다. 지옥이 따로 없다.

世上眞正讀得十三經卄一史者幾人

세상에 진정으로 십삼 경과 이십일 사를
읽은 사람은 몇이나 될까?

가슴으로 읽지 않고 머리로만 읽는 독서는 죽은 독서다.
그 많은 경전의 말씀, 역사의 교훈들은
어째서 여전히 삶 속에서 의미를 갖지 못하고
관념으로만 떠돌아다니는가?

幽境雖目前
不因閒不見

그윽한 경치가 눈앞에 있다 해도
한가함을 인하지 않고는 보지 못한다.

볼 수 있는 눈, 들을 수 있는 귀가 없으면
아무리 좋은 것도 그림의 떡이다.
좋은 것을 눈앞에 두고도 보지 못한다.
한가하면 엉뚱한 궁리만 한다.

上士閉心
中士閉口
下士閉門

으뜸가는 선비는 마음을 닫고
중간 가는 선비는 입을 닫으며
못난 선비는 문을 닫는다.

내가 닫은 것은 무엇인가? 대문인가 입인가 마음인가?
마음의 문을 닫거니
하던 말 하고 하던 대로 살아도 남들이 내 마음을 알지 못한다.
나는 가만 웃을 뿐이다.

不實心不成事
不虛心不知事

마음이 실답지 않으면 일을 이루지 못하고
마음이 텅 비지 않으면 일을 알지 못한다.

알찬 마음 없이는 사업을 이룰 수 없다.
그러나 마음을 텅 비워 허심으로 바라보지 않으면
일을 그르치게 되는 경우가 많다.
마음을 채워야 한다. 마음을 비워야 한다.

路窄處留一步與人行
味濃處減三分讓人嗜

길이 좁은 곳에서는 한 걸음을 남겨 남과 더불어 가고
맛이 깊은 곳에서는 삼 분을 덜어 남이 즐기도록 양보해야 한다.

모두 다 즐겨 끝장을 보는 것은 좋지 않다.
남을 위해 남겨둔 여백, 가지 않고 남겨둔 길,
남을 생각하는 따뜻한 마음.
이런 것이 있기에 삶이 따뜻해지는 것이다.

不飲濁泉水
不息曲木陰

흐린 샘물은 마시지 않고
굽은 나무 그늘에선 쉬지 않는다.

목말라 혀가 타도 흐린 물로는 목을 축이지 않겠다.
지치고 힘들어도 곧은 나무 그늘에만 깃들겠다.
길이 아니면 가지 않겠다.

能食人亦當爲人所食

남을 먹으면 또한 마땅히
남에게 먹히는 바가 된다.

남을 밟고 올라서야 이긴다.
그러니 또 어딘가에 나를 밟고 내 자리에 올라서려는
발길이 있으리라.
알량한 득의를 뽐내지 마라.
근신하고 근신하라.

人情太密反成疏

인정은 너무 가까우면 외려 멀어진다.

거리가 필요하다. 두고 볼 수 있는 거리.
나와 남의 구분이 없어서는 안 된다.
가까울수록 예의를 갖추고, 오래될수록 공경하라.
거리가 필요하다.

信言不美

믿음성 있는 말은 아름답지가 않다.

교언영색에 현혹되지 마라.
믿을 만한 말은 말수가 적다. 무뚝뚝하다.
번드르르한 말, 입에 단 말, 꿀 같은 말은 위험하다.

將壽補蹉跎

오래 살려거든 역경을 보태라.

역경의 단련 없이는 오래가지 못한다.
시련을 겁내지 마라. 그것이 보약이다.

心淸聞妙香

마음이 맑으니 묘한 향기 끼쳐오네.

내 지닌 마음 이리도 해맑으니
들숨 날숨에 향기가 끼쳐온다.

無德而富貴
謂之不幸

쌓은 덕도 없이 부귀로운 것을 일러 불행이라 말한다.

남에게 베푼 것도 없이 내 몸에 부귀가 이르니,
이는 행운이 아니라 재앙의 씨앗이다.
삼가고 삼가지 않으면 제 발등을 찍게 되리라.

貪心似海何時足

탐하는 마음 바다와 같으니
언제나 만족하리.

끝 모르는 탐욕 안에 만족은 없다.
온통 똘똘 뭉쳐 탐욕만 가득하구나.

天下皆好諛之徒
世間盡善毀之輩

천하엔 모두 아첨하기 좋아하는 무리뿐이고
세간엔 온통 남 헐뜯기 잘하는 인간뿐이다.

제 한 몸 잘되는 일이라면
남의 치질 핥는 일도 마다않을 인간들이,
남 잘되는 꼴은 그저 두고 보지 못하고
입만 열면 험담뿐이로구나.

心事如波濤中坐
時時驚

마음속의 일, 파도 가운데 앉아 있음과 같아
때때로 화들짝 놀란다.

가만 앉아 있는데 속에서 파도가 일렁인다. 해일이 인다.
집채처럼 덮쳐와 깜짝 놀라 눈을 뜨면 빈방에 나 혼자다.

當斷不斷
反受其亂

마땅히 끊어버려야 할 것을 끊지 않으면
도리어 그 어지러움을 받는다.

발본색원拔本塞源! 옳지 않은 것은 싹부터 잘라라.
미적거리는 중에 뿌리를 내리게 된다.
끊을 수가 없게 된다. 곤경이 기다린다.
끊을 것은 끊어라.

當今之世
貪得而寡羞

지금의 세상은 얻기만을 탐하면서
부끄러움은 적다.

제 손에 넣을 궁리, 남을 꺾을 생각으로 가득 차서
정작 지금 제 하는 일이 옳고 그른지는 가리지 않는다.
도무지 부끄러움이라고는 찾아볼 수 없는 세상이 되었다.
아! 부끄럽다.

不貴不富不賤貧

귀하지도 않게 부유하지도 않게,
천하거나 가난하지도 않게.

꿈도 참 야무지구나. 그런 거 있으면 내가 하겠다.

出山雲滿衣

산을 나서니 구름이 옷깃에 가득하네.

산속에서 놀다 산에서 나오니
아직도 내 옷깃엔 구름 기운이 가득하다.
내가 산이 된 듯하다. 몸이 가뜬하다.

寧爲直折劍
不作曲全鉤

곧아 부러지는 검이 될망정
굽어 온전한 갈고리는 되지 않겠다.

곧아 부러질지언정 나는 칼이 되겠다.
곧이곧대로 찌르고 힘이 부치면 차라리 부러지겠다.
상대를 불의에 낚아채는 갈고리는 되지 않겠다.
날이 시퍼렇게 선 칼이 되겠다.

時倩松風掃石牀

때로 솔바람을 청해 돌상을 쓰노라.

늘 혼자 앉아 노는 바위 위로
이따금 솔바람이 건너와서 비질을 해주고,
혹시 쌓인 티끌을 불어가준다.
마음에 먼지 앉을 날이 없다.

禮豈爲我輩設

예가 어찌 우리 같은 무리를 위해 만들어진 것이겠는가?

얽매임 없이 활달하게 법도의 구애를 받지 않으며
한세상 나 하고 싶은 대로 그렇게 살다 가겠다.
구질구질 주눅들어 눈치나 보며
그렇게 살고 싶지는 않다.

傲骨終然遭白眼

뻣뻣한 사람은 끝내는 남에게 무시당하게 된다.

든 것도 없이 거만을 떨면 결국 혼자만 남게 된다.
뼈를 부드럽게 해라. 잘난 체하지 마라.
혼자 놀지 않으려면, 다급해져서 굽실거리지 않으려면.

閒庭除鶴迹
半是杖頭痕

한가로이 뜨락에서 학 발자국 쓸다보니
반쯤은 지팡이 자국이로구나.

마당을 쓴다. 내 마음을 쓴다.
학이 놀다 간 자국이 어지러이 얽혀 있기에
빗자루로 깨끗이 지우려 했다.
학이 놀다 간 자리 옆에 똑똑히 찍혀 있는 지팡이 자국.
주인이 학과 함께 노닐던 흔적.
비질을 멈춘다.

輕諾者必寡信

쉽게 응낙하는 자는 필시 믿을 만하지 못하다.

가벼운 대답을 믿지 마라. 신뢰 있는 말은 무게가 있다.
경솔히 대답하지 마라. 사람이 경망해진다.

老去靑山信有情

늙어가매 청산이 더욱 유정하구나!

매일 보던 산인데 나이들수록 더 정답다.
피가 돌고 살이 더운 사람처럼 자꾸만 내게 말을 건네고,
나를 어루만지고 쓰다듬어준다.
그 품 안에서 놀다 오면 기운이 난다.

白雲如故人

흰 구름이 마치도 옛 친구 같다.

흰 구름 하나 둥실 떠간다.
어디로 가는가, 흰 구름은.
어디로 갔을까, 그 옛날 내 친구는.
다 떠나보내고 혼자 서서 저 구름을 본다.
흰 구름이 옛 친구 같다.

位極人臣者身危

신하 된 자로 지위가 지극히 높은 사람은
그 몸이 위태롭다.

지위가 높으니 더 올라갈 데가 없겠구나.
아! 이제는 내려갈 준비를 해야겠구나.
천년만년 갈 부귀영화가 어디 있으랴.
가을 풀벌레!

松鶴認名呼得下

소나무 학이 제 이름 알아듣고 부르자 내려오네.

마음이 통하니 미물도 말귀를 알아듣는다.
차고 시린 세상을 등지고 자연 속에 깃든 삶이
너로 하여 적막함을 잊는다.

交情片語中

한마디 말 속에 사귐의 정이 드러난다.

무심히 건너오는 한마디에 진정이 묻어 있다.
웃음 속에 감춘 칼날, 차지만 따뜻한 말.

不如意事
十常八九

뜻 같지 않은 일이 늘 열에 여덟아홉이다.

세상사 뜻 같은 일이 어디 있으랴.
어그러지기만 한다. 되는 일이 없다.
열에 한두 번 찾아올까 말까 한 그 득의의 순간을 기다리며
나는 수굿이 견딘다. 독수리같이.

迫生不若死

아등바등 사는 것은 죽느니만 못하다.

허겁지겁 숨이 차서 사는 인생은 싫다.
좌고우면左顧右眄 여기저기 눈치 보며 사는 삶은 싫다.
내가 주인이 되지 않고 손님이 되는 생활은 싫다.
나를 위해서가 아니라 입을 위해 사는 나날은 싫다.

過分求福
不如安分遠禍

분수에 넘는 복을 구함은
분수에 편안하여 화를 멀리함만 같지 못하다.

분수에 넘치는 복은 재앙의 빌미가 된다.
도를 지켜 외람된 생각을 품지 않으며,
복을 구하기보다 덕 쌓기에 힘쓰겠다.

書不求甚解
琴聊以自娛

글은 깊은 이해를 구하지 않고
거문고는 애오라지 홀로 즐긴다.

마음에 따라 손길 가는 대로 뽑아 책을 읽다가
흥이 다하면 책을 덮는다.
옛사람의 정신과 더불어 노닐 뿐 굳이 내 뜻을 덧붙이지 않겠다.
책 읽다 피곤하면 거문고를 꺼내들고 내 마음을 부친다.

世上事多半是有名無實

세상일은 대부분이 유명무실하다.

겉만 그럴듯하지 알맹이가 없는 사람.
세상엔 이런 사람들뿐이다.
알찬 사람은 겉보기에 보잘것없다.
겉만 보고 판단하니 속이 보이지 않는다.
껍데기 보고 찾으려 드니 늘 속는다.

業精於勤
荒於嬉

학업은 근면함에서 정밀해지고
노는 데서 거칠어진다.

공부는 머리로 하는 것이 아니다. 엉덩이로 한다.
근면과 성실이 바탕이 되지 않은, 재주만을 믿고 날뛰는 사람은
날로 제 바탕이 황폐해지는 것을 느끼게 될 뿐이다.

人生須觀結局

인생은 모름지기 그 마지막을 보아야 한다.

평생 쌓은 덕을 마지막에 가서 제 손으로 무너뜨리는 사람이 있다.
사람의 평가는 관 뚜껑을 덮은 뒤에 이루어진다.
살아 눈앞에서 좋게 하는 말에 현혹되지 마라.
곱게 늙는 삶이 아름답다.

愛名之世忘名客

이름만을 사랑하는 세상에서 이름을 잊은 나그네.

명예를 얻기 위해 온통 혈안이 된 세상이다.
모든 가치 판단과 행동의 준거가 여기에 말미암는다.
나마저 그러고 싶지는 않다.
이름을 던져버리고 나 자신조차도 잊고
그럼으로써 날로 가벼워지는
그런 삶을 살고 싶다.

疑生爭
爭生亂

의심은 다툼을 낳고
다툼은 어지러움을 낳는다.

의심하는 마음속에서 싸움이 일어난다.
싸우다보니 모든 것이 엉망이 되고 말았다.
의심을 걷어내니 평화가 왔다.
평화가 오자 온갖 사물이 다 가지런히 제자리를 찾았다.
어떤 마음을 지니는가가 중요하다.

寧人負我
毋我負人

남이 나를 저버리게 할망정
내가 남을 저버리진 않겠다.

둘의 생각이 꼭 같을 수야 없겠지.
둘 사이에 틈이 벌어져 네가 나를 등지더라도
내가 먼저 네게 등돌리지는 않겠다.
그래야 내 마음이 좋겠다.

通則和
固則信

통하면 화기롭고
굳으면 신의롭다.

피가 잘 통하니 피부가 윤기롭고 마음이 잘 통하니 일이 조화롭다.
몸이 굳으면 근육이 뭉치지만 의지가 굳고 보니
하는 일에 믿음성이 있다.

人至察則無徒

사람이 너무 살피면 따르는 무리가 없다.

맑은 물에선 고기가 놀지 않는다.
너무 까다롭게 아랫사람을 다루면 나를 버리고 떠나간다.
품이 넉넉해야 한다.
참 어려운 일이지만.

閉門長勝得千金

문 닫아거는 것이 천금을 얻는 것보다 백 번 낫다.

까짓 천금을 부러워 마라. 재앙의 비롯이 될 뿐이다.
차라리 문 닫아걸고 너 자신과 정면으로 만나는 것이
더 큰 기쁨을 주리라.
그러나 문 닫아걸지 않을 수 없던 그 시절의 행간이
읽는 이를 안쓰럽게 한다.

人勝我何害
我勝人非福

남이 나보다 나으니 해될 게 무에랴
내가 남보다 나은 것은 복이 아니다.

남이 나보다 낫다면 기쁜 일이다. 나는 그를 축복해주겠다.
내가 남보다 나은 것은 아무래도 꺼림칙하다.
뒤에서 보는 눈빛들이 곱지가 않다.
삼가서 몸을 더 낮추어야겠다.

有一物
沾一纍

한 물건이 있으면 한 가지 얽매임이 더해진다.

애초에 지니지 않았더라면 있지도 않았을 근심덩어리를
여기저기 주렁주렁 매달고 살고 있구나.
모두 내 욕심이 자초한 것이니 누구를 탓하랴.

僮所謂天道是耶非耶

저 이른바 하늘의 도란 것은 옳은 것이냐, 그른 것이냐?

세상에는 참 알 수 없는 일들이 많다.
정의는 늘 고통을 당하고 공도公道는 행해지지 않는다.
소인배가 언제나 득세하고 군자는 핍박당한다.
하늘은 어디 있는가? 도가 과연 있기는 한가?

一棺戢身
萬事都已

관 하나에 몸을 넣고 나면
만사가 모두 끝이다.

관 뚜껑에 못 박고 나면 내 평생에 애태웠던 일들,
영위했던 학문과 사업, 미움과 기쁨도 모두 끝이다.
그렇게 끝나고 말 것에 왜 그리 아등바등했던가?

世上事越作越不了

세상일은 하면 할수록 끝이 없다.

일은 벌이면 끝이 없다.
바빠 죽겠다고 하면서도 자꾸 일을 만든다.
내가 놓지 않으면 나는 결코 일에서 놓여날 수가 없다.
끝도 없는 세상길에서 놓여나는 열쇠는 바로 내 손에 달려 있다.

閉門卽是深山

문 닫아거니 거기가 바로 깊은 산일세.

속세를 떠나려 깊은 산을 찾을 것 없다.
문을 닫아걸고 밖으로만 향하던 마음을 안으로 거두면
바로 그곳이 깊은 산중이다. 태곳적의 고요가 있다.

苦衆口之鑠金

뭇사람의 입이 쇠도 녹이는 것을 괴로워한다.

떠드는 말이 쇠를 녹인다.
말 때문에 말이 많고 탈도 많은 세상이다.
말 때문에 말이 많으니 말을 말까 하노라.

痛飲讀離騷

아프게 술 마시고 「이소」를 읽노라.

속이 아프도록 술을 마시니
비분강개한 마음을 걷잡을 수 없다.
낭랑하게 「이소」를 읽다보니
공도가 무너지고 불의가 횡행하던 세상에 절망해
돌 안고 상강에 뛰어들었던 굴원의 그 마음을
내가 분명히 알 수 있을 것만 같다.

歸眞反樸
終身不辱

참되고 질박함으로 돌아갈진대
몸이 다하도록 욕되지 않으리라.

참된 마음을 되찾고 질박한 생활을 즐기라.
교언영색은 나는 싫다. 입에 달콤한 말은 나는 싫다.
번잡한 일상에 내 삶을 파묻고 싶지 않다.
욕되지 않은 맑은 삶을 살고 싶다.

辱莫大於不知恥

부끄러움을 알지 못하는 것보다 큰 욕됨은 없다.

부끄러운 짓을 하고도 부끄러운 줄을 모르니 그 욕됨이 끝이 없다.
부끄러움을 모르는 자는 욕됨조차 알지 못하니 그것이 문제다.

雲作心
月爲性

구름으로 마음 삼고
달로 성품을 삼네.

정처없이 떠가는 구름이 내 마음이다.
얽매임 없이 자유로운 그 정신을 나는 사랑한다.
천 개의 강물 위에 차별 없이 비치는 달빛은 내 성품이다.
이랬다저랬다 하지 않겠다.
채웠다가는 비워낼 줄 아는 겸허를 지니겠다.

빈방에도 남은 한가로움이 있다

見山如得鄰

산을 보니 이웃을 얻은 듯하네.

눈앞에 푸른 산은 좋은 내 이웃이다.
마음씨 좋은 이웃처럼 늘 저만치서 날 바라보고 있다.
더불어 살아가고 있다.
말하지 않아도 그 마음 내가 다 알 것 같다.

胸中多是非

가슴속에는 시비가 많다.

뭉게뭉게 피어나는 상념을 따라가다보면
지나간 일들이 하나하나 떠오른다.
옳았던 일 잘못된 일 다 생각난다.
그때 왜 그랬을까? 그땐 왜 그러지 않았을까?

此鳥安可籠哉

이 새를 어찌 조롱 속에 가두랴!

조롱 속에 가둘 수 없는 새, 형식으로 묶을 수 없는 사람.
대붕大鵬을 가둘 조롱이 어디 있으랴!
그런데도 사람들은 자꾸 제 기준 따라 남을 구겨넣으려 한다.
획일화하려고 한다.
길들일 수 없는 정신이 있다는 사실을 인정하려 들지 않는다.

幽鳥見貧留好語

산새가 가난한 살림 보곤 좋은 소릴 남기네.

초라한 살림살이 부끄러워했더니 산새 한 마리 놀러 왔다가
조잘조잘 예쁜 노래를 불러주고 간다.
부끄러워 말라고, 고생스럽겠다고, 힘을 내라고.

煙霞鑄瘦容

안개와 노을이 여윈 얼굴 만드네.

안개와 노을을 벗 삼아 산다.
남길 것 없이 조촐한 살림이라
석양 넘어가는 노을빛에도 숲을 감싸안는 안개에도
자꾸 얼굴이 수척해진다.
지닌 욕심 조금씩 덜고 가을 산을 닮아간다.

自謂無他腸

다른 마음 안 먹었다 말을 한다네.

내 비록 보잘것없지만 마음속에 딴생각은 없다.
남을 해치려는 생각, 남 잘되는데 내 배 아픈 마음,
시기하고 질투하는 집착이 없다.
텅 비었다.

閱盡交情好閉門

사귐의 정리를 두루 겪고 보니
문 닫아거는 것이 좋겠구나.

세상의 사귐은 내게 쓰디쓴 냉소만 나오게 한다.
서로 편리할 때 이용해 먹고 돌아서서는 헐뜯고,
단맛 빠지면 싸늘히 등돌린다.
그런 속물들에게 내 마음 다치고 싶지 않다.
문 닫아걸겠다.

爲天下谷

천하의 골짜기가 되리라.

온 산의 물이 골짜기로 흘러든다.
나는 천하의 골짜기가 되고 싶다.
모든 것을 그 앙가슴에 다 받아들여 포용하고 싶다.

美好者不祥之器

아름답고 좋은 것은 상서롭지 못한 물건이다.

겉보기에 좋고 첫입에 달콤한 것을 조심하라.
그 안에 재앙이 도사리고 있다.
덥석 잡지 마라. 냉큼 삼키지 마라.
돌이킬 수 없는 후회가 뒤따라온다.

撫己愧前賢

제 몸 어루만지며 앞선 어진 이를 부끄러워한다.

내 한 몸 돌아보니 앞서간 선인들의 어진 발자취에
나 스스로 부끄럽다.
낯을 들 수가 없다.
나는 왜 이렇게 살고 있을까?

煎茶取折氷

찻물 달이려 얼음을 깨어오네.

꽁꽁 언 얼음을 깨어와 찻물을 끓인다.
나른하던 정신이 깨어난다.

爲誰辛苦爲誰甛

누굴 위해 애를 쓰고
누굴 위해 즐거울꼬?

세상일이 어째 모두 시큰둥하다.
정열을 쏟아 몰두할 그 어떤 대상이 없다.
누구인가, 내게서 세상을 향한 흥미를 거두어간 사람은?

胸無奇字莫吟詩

가슴 속에 '기奇'란 글자 없이는 시를 읊조리지 말라.

남들 하는 대로 보는 대로 느끼는 대로 할 양이면 시를 쓰지 마라.
남들이 매일 보면서도 보지 못하는 사실,
내게만 들리는 사물들의 이야기 없이는 시를 쓴다고 하지 마라.

欲人勿知
莫若勿爲

남이 알지 못하게 하려거든 하지 않는 것이 제일이다.

남들이 몰랐으면 싶은 일은 하지를 마라.
하지 않으면 걱정할 일이 없다.
공연히 일을 만들어놓고 안절부절못하니
그것이 안쓰럽다.

人之相知
貴在知心

사람이 서로를 앎은
귀함이 마음을 알아주는 데 있다.

알고 지낸 햇수가 중요하지 않다.
마음에 달려 있다.

湖山長

호수와 산들, 유장하구나!

길게 내려그은 선들의 중첩 속에 빈틈없이 들어선 호수와 산들.
내 마음속에 꽉 차오네.

世短意常多

세상은 짧고 생각은 늘 많다.

잠깐 살다 가는 길에 스쳐가는 생각들 어이 이리 많으냐.

懷人首徒搔

그대 그리워 머리만 공연히 긁적이네.

보고 싶지만 만날 길 없으니
괜스레 머리만 긁적일밖에.

道義無今古

도의엔 옛날과 지금이 없다.

가슴 펴고 떳떳이 가는 길에 옛날과 지금의 차이는 없다.
세상이 아무리 바뀌어도 변치 않는 길 하나 내 마음속에 나 있다.

幽居不用名

숨어 사는 거처엔 이름을 달지 않는다.

이름을 다투는 그 싸움이 보기 싫어 깊은 산에 들어와놓고
또 이름의 노예가 된다면 부끄럽지 않은가?
숨어 사는 거처엔 간판이 필요치 않다.
이름이 필요 없다.

洗心去欲

마음을 씻고 욕심을 버려라.

인면印面의 음양의 향배가 교묘하다.
내 마음밭을 깨끗이 씻고 더러운 욕심의 찌꺼기는 걷어버려라.

虛室有餘閒

빈방에도 남은 한가로움이 있다.

텅 빈 방에는 무엇이 있나?
세간 하나 없는 빈방에 혼자 그렇게 앉아 있는데
내 마음은 하나 가득 충만하다.
아! 한가롭다.

達人妙如水

깨달은 사람은 묘하기가 물과 같다.

깨달은 사람은 얽매이지 않는다.
평지를 만나면 넓고 잔잔히 흐르다가,
여울을 만나면 급류가 되고, 절벽을 만나자 폭포가 된다.
늘 가장 낮은 곳에서 제 몸을 낮추면서 모든 사물 위에 생명을 준다.

見善若驚
疾惡若仇

착한 사람 보기를 놀란 것처럼
악한 사람 미워하기를 원수와 같이.

착한 일을 볼 때마다 나는 두근거린다.
지금 세상에도 저런 사람이 있다는 것이 설레도록 고맙다.
악한 짓을 하는 자를 보면 나는 마음이 불편하다.
원수를 증오하듯 걷잡을 수 없는 의분이 싹터난다.

千人所指
無病而死

천 사람이 손가락질하는 사람은 병 없이 죽는다.

손가락질받을 일을 하지 마라.
아무 일 없는 것이 아니다. 끄떡없지가 않다.
천 사람의 손가락질이 멀쩡하던 사람을 죽인다.
그것을 천토天討, 즉 하늘의 토벌이라고 한다.

爲忠甚易
得宜實難

충성하긴 참으로 쉬운 일이나
마땅하긴 정말로 어려웁다네.

충성하기는 어렵지가 않다.
맹목적인 충성은 개나 고양이도 할 수 있다.
제 앞으로 돌아올 몫을 생각하는 충성은 아무나 할 수 있다.
그렇지만 그 충성이 마땅함을 얻기란 참 어렵다.
마땅함을 얻지 못한 충성은 손가락질을 받는다.

直語時多忌

곧은 말은 때에 꺼림이 많다.

곧은 말에는 늘 비방이 따른다.
말하기도 어렵고, 받아들여지기는 더 어렵다.
곧은 말에는 늘 손해가 따른다.
정작 말하는 사람에겐 생기는 것이 없다.
그렇지만 그 길이 가야 할 길이기에
손해를 무릅쓰고라도 하지 않을 수가 없다.

禍生於得意

재앙은 뜻을 얻음에서 생겨난다.

득의의 순간을 조심해야 한다.
이젠 됐다 싶어 안심하는 순간에 추락은 시작된다.
긴장을 풀면 안 된다. 제멋대로 날뛰면 안 된다.
뜻을 얻을수록 몸을 움츠려야 한다.

何但忘世兼忘吾

어찌 다만 세상 잊고 나를 잊을까.

어지러운 세상살이는 쓴 시련만을 안겨주니
차라리 세상을 잊고 나만의 세계 속에 침잠하고 싶다.
혼자 있고 보니 잡된 생각만 끝이 없다.
아! 나마저 잊어야겠구나.
내가 누군지, 여기가 어딘지, 분별하는 생각, 따지는 마음을
모두 걷어내야겠구나.

怕見惡人翻羨瞽

악한 사람 볼까 겁나 장님을 선망하네.

세상에 꼴같잖은 꼴이 하도 많다보니
차라리 장님이 부러울 때가 있다.
두 눈을 질끈 꽉 감고서 그렇게 살고 싶을 때가 있다.

口銳者多誕而寡信

입이 재빠른 자는 허탄함이 많고 믿음성은 적다.

입이 재빠른 자의 말은 믿을 수가 없다. 달면 삼키고 쓰면 뱉는다.
말로는 안 될 일이 없지만, 실제로 되는 일은 하나도 없다.
눌언민행訥言敏行, 말은 어눌하게, 행동은 민첩하게.

一鳥不鳴山更幽

새 한 마리 울지 않아 산이 더욱 고요해라.

어쩌면 새 한 마리도 울지 않는구나.
적막한 산속을 나 혼자 거니노라니,
그 산의 고요 속으로 내가 걸어들어가는 것만 같다.
태초의 적막이 내 안에 깃드는 것만 같다.

不薄今人愛古人

지금 사람 가벼이 보지 않고 옛사람도 사랑하네.

옛날은 그때의 지금이다.
내가 사모하는 옛사람도 그때엔 지금 사람이었을 뿐이다.
지금 내 곁에도 옛사람이 있다. 아득한 옛날에도 지금 사람이 있다.
그러니 지금 사람이라서 가벼이 보고,
옛사람이라서 무조건 높일 수가 없다.
다만 마땅함을 취할 뿐이다.

名山如藥可輕身

명산은 약과 같아 몸을 가볍게 해준다.

산에 오르면 무겁던 마음이 가벼워진다.
띵하던 머리가 맑게 갠다.
훨훨 나는 신선을 얻을 수야 없겠지만,
한 걸음 한 걸음 오를 때마다
인생의 경지도 그렇게 높아지고 가벼워지기를 기원한다.
내게는 산이 보약이다.

少思保眞
消事寡過

생각을 줄여 참됨을 보전하고
일을 덜어 허물을 적게 한다.

잡생각을 몰아내니
참된 기운으로 채워진다.
세속 잡사를 치우고 나자
피할 수 없던 허물이 사라져버렸다.
아무 생각이 없는 삶. 영위營爲함이 없는 생활.
나는 그렇게 살고 싶다.

口可以飮
不可以言

입으로는 다만 마실 뿐 말해서는 안 된다.

입은 음식을 먹으라고 만들어둔 구멍이지,
되는대로 떠들라고 만들어둔 것이 아니다.
넣기만 하고 꺼내지는 마라.

士貪以死祿

선비는 죽은 뒤의 녹을 탐한다.

살아서 내 배를 불리는 그런 녹을 나는 원치 않는다.
살아생전 주리고 추웠어도 죽은 뒤까지 죽지 않고 따라오는 녹,
임금이 주지 않고 후세 사람들이 주는 녹,
떳떳하고 의롭게 살다 간 삶 앞에만 주어지는 녹.
나는 그런 녹을 받고 싶다.

未老得閒方是閒

젊은 날의 한가로움이라야 한가로움이다.

다 늙어 한가로운 것은 할 일이 없는 것이지 한가로움이 아니다.
아무도 뒤돌아보지 않는 석양의 한가로움은 나는 싫다.
바쁜 중에 문득 만나게 되는 한가로움.
일부러 애를 써서 찾아내는 한가로움.
그런 한가로움을 지니고 싶다.

名爲錮身鎖

명예는 몸을 얽어매는 자물쇠다.

고작 이름 때문에 정작 몸을 망친다.
내 속에 차고 넘쳐 절로 드러난 이름이 아니라면,
남더러 날 알아달라고 아등바등 애를 써서 얻은 이름이라면,
그 이름을 어디다 쓸까?

外物不可必

바깥 사물은 기필할 수가 없다.

세상에 뜻 같은 일이 없구나.
다 된 밥인데 코가 빠진다.
외물에 현혹되지 말고 내 마음을 밝혀라.

今日殘花昨日開

오늘 시든 꽃
어제 피어난 것.

어제 핀 꽃이 오늘 진창에 떨어진다.
한나절 뽐내자고 그 오랜 시간을 기다렸을까?
인간의 부귀공명이 저 꽃과 같다.

此人不可無一

이런 사람 하나쯤 없을 수 없다.

하나쯤 없어서는 안 되겠지만 둘이어선 조금 곤란한 사람.
거침이 없고 서슴지 않는 사람.
꼴같잖은 꼴은 눈 뜨고 못 보는 사람.
그런 사람은 어디에 있나.

忠臣去國
不潔其名

충신은 나라를 떠날 때 그 이름을 깨끗이 하지 않는다.

남의 탓으로 돌리지 않겠다. 내가 모두 책임지겠다.
구차한 변명, 공연한 엄살 꺼내지 않고 깨끗이 물러나겠다.
분하고 억울한 마음은 그냥 접어두겠다. 혼자 해결하겠다.

搔首問靑天

머리를 긁적이며 푸른 하늘에 묻는다.

푸른 하늘 우러르니 계면쩍다.
뒤통수를 긁적이며 묻는다.
어찌 된 일이냐고.

漱齒作泉聲

양치질하니 이에서 샘물 소리가 난다.

우걱우걱 양치질하니 이 사이에서 샘물 소리가 일어난다.
입냄새가 말끔히 가시어진다.

養不必豊
要於孝

봉양함은 반드시 풍성할 것이 없다. 요점은 효에 있다.

좋은 집에 맛있는 반찬으로 어버이를 봉양하는 것이 효가 아니다.
마음은 없이 돈만 많이 가져다드리는 것이 효가 아니다.
육신의 봉양이 효가 아니다.

濯足弄滄海

발 씻으며 푸른 바다 희롱하노라.

물속에 발을 담그고 휘저으니 발아래서 물결이 인다.
발가락 사이에 찌든 고린내도 말끔히 씻겨가거라.

醫俗莫如書

속됨을 고치는 데는 책만 한 것이 없다.

책을 읽지 않고는 속됨을 결코 면할 수가 없다.
속됨을 고치는 가장 훌륭한 처방은 독서다.
그저 종이에 적힌 글씨를 읽는 그런 독서가 아니라,
마음에 새겨 거울에 비춰보는 그런 독서라야 한다.

士不識廉恥
衣冠狗彘

선비가 염치를 알지 못하면 옷 입고 갓 쓴 개돼지다.

염치를 모르는 인간은 어찌해볼 수가 없다.
개돼지에게 갓 씌우고 옷 해 입힌 꼴이다.
염치를 모르면 못하는 짓이 없다.
앉을 자리 안 앉을 자리를 가릴 줄 모르게 된다.
아무데서나 꼬리를 흔들고, 어디에나 주둥이를 박아댄다.

寧捨己利人
勿因人利己

자기를 버려 남을 이롭게 할망정
남을 이용해 자기를 이롭게 하지 마라.

제 이익을 위해 남을 해롭게 하면 그 해가 자기에게 되돌아온다.
남을 위해 내 것을 베풀면 그 혜택이 자기에게 배로 돌아온다.
손해가 손해가 아니고, 이익이 이익이 아니다.
당장의 손익 계산에 얽매여 큰일을 그르쳐서는 안 된다.

奔走未到我
在城如在邨

바삐 내닫느라 내게 도달하지 못하면
성에 있어도 시골에 있는 것과 한가지다.

성취를 이루려고 성시城市로 달려왔다.
명예와 권세를 잡으려다 정작 나를 놓쳤다.
무지렁이 촌사람으로 살기 싫어 떠나왔는데
전과 다름없게 되었다.

清福上帝所吝
清名上帝所忌

맑은 복은 조물주도 아끼는 바이고
맑은 이름은 조물주도 꺼리는 바다.

뜨겁고 화끈한 열복熱福은 누리는 이가 많아도
해맑은 청복은 아무나 못 누린다.
거창한 명성은 저마다 탐내지만 정작 얻기 어려운 것은
맑고 깨끗한 이름이다.

莫作心上過不去事
莫萌事上行不去心

지난 뒤에도 지워지지 않을 일은 마음으로 짓지 말고,
행하고 나서도 떠나지 않을 마음은 아예 먹지도 마라.

일이 다 끝난 뒤에도 계속 마음이 쓰이는 일은
해서는 안 될 일이다.
하고 나서도 켕기는 마음이 생길 일은
아예 근처에도 가지 마라.

閉門讀奇書
開門延高客
出門尋山水

문 닫아 기이한 책을 읽고
문 열어 고상한 손님을 맞으며
문 나서 산수를 찾는다.

보통때는 문 닫고 깊이 들어앉아 책을 읽는다.
손님이 오니 문을 열어 그를 맞이한다.
답답하면 밖에 나가 산과 물을 찾는다.
삶에 아무 구김이 없다. 개운하다.

心中無崎嶇波浪
眼前皆綠水靑山

마음속에는 거센 풍파가 없고
눈앞에는 온통 녹수와 청산뿐이다.

마음이 잔잔해 일렁임이 없고 보니,
초록 산과 푸른 물만 눈에 들어온다.
딴 데 마음 둘 틈이 없다.

笑讀古人書

웃으며 옛사람의 책을 읽는다.

옛사람의 책을 읽다 말고 자꾸 미소가 지어진다.
그가 나와 같은 생각을 한 것이 신통하다.
본 적 없는 그가 마음 통하는 벗처럼 여겨진다.
그가 웃는다. 나도 웃는다. 그가 운다. 나도 슬퍼진다.

自重者然後人重
人輕者繇于自輕

스스로를 무겁게 대접해야 남이 나를 무겁게 대한다.
남이 가볍게 대하는 것은 스스로 가볍게 행동했기 때문이다.

자기 대접은 순전히 저 할 탓이다. 내 행동이 내 대접을 만든다.
내가 나를 우습게 보는데 남이 나를 무겁게 볼까?
경박한 행동을 하고 묵직한 대접을 바랄 수 있나?
내 대접의 점수는 내 행동의 점수다.

以愛妻子之心
愛親則孝
以保爵位之策
保國則忠

처자를 아끼는 마음으로 어버이를 사랑하면 효이고,
지위를 보전하려는 계책으로 나라를 지키면 충성이다.

처자식은 끔찍이 위하면서 부모에게는 함부로 대한다.
지위는 한껏 누리려 들면서 나라 걱정은 조금도 안 한다.
반대로 하면 그게 효자다. 바꿔서 하면 그것이 충신이다.

感事憂國空餘悲

일 생각 나라 근심에
공연히 슬픔이 남는다.

세상 돌아가는 일을 걱정하고,
나라 되어가는 꼴을 근심하노라니
마음속에 슬픔의 한 끝이 남는다.
아려온다.

立榮名不如種隱德
尙奇節不如謹庸行

영예로운 이름을 세움은 숨은 공덕을 심음만 못하다.
기특한 절개를 숭상함은 용렬한 행동을 삼감만 못하다.

세상이 알아주는 이름과 절개를 세우는 것보다
드러나지 않게 선행을 베풀고, 못난 행동을 하지 않도록
살피는 것이 한층 더 낫다.
뭐든지 근사하고 폼나는 것만 찾아서는 안 된다.
드러나지 않게 감추고 튀지 않게 가리는 것이 맞다.

毋以新怨而忘舊恩

새 원망을 가지고
예전 은혜를 잊어서는 안 된다.

그땐 고마웠지만 지금은 원망스럽다.
어떻게 나한테 이럴 수가 있나?
이런 생각이 마음속에 지옥을 짓는다.
그때 고마웠으니 이번 일은 내가 참자.
그때 내게 그렇게 고마웠던 사람이니
분명 무슨 사정이 있었겠지.

早知半路應相失
不若從來本獨飛

도중에 놓칠 줄 진작 알았더라면
애초에 혼자서 나는 것만 못했으리.

끝까지 갈 줄 알았다. 놓치는 일은 없을 줄 알았다.
이렇게 중간에 너를 잃고 괴로우니
애초에 혼자 가는 것이 더 나았을 것만 같다.

寄愁天上
薶埋憂地下

근심은 하늘 위로 날려보내고
걱정은 땅속에 묻어버리자.

근심 걱정 없는 사람 누가 있겠나. 겉으로 웃어도 속으로는 다 운다.
걱정이나 근심은 마음이 짓는 법.
그 근심 하늘 위로 훌훌 날려버리고, 그 걱정 땅 파고 죄 묻어버리자.

少壯不努力
老大徒傷悲

젊어 힘 좋을 때 노력하지 않으면
다 늙어 한갓 슬플 뿐이다.

힘 있을 때 힘을 아껴두면, 힘 써야 할 때는
이미 힘이 빠지고 없다.
젊은 날의 땀방울은 옥구슬이다.
후회의 눈물은 맺힐 힘도 없어 추하게 번진다.

人當以不知足之念
用之讀書

사람은 마땅히 족함을 모르는 마음을
독서에다 쏟아야 한다.

독서에는 자족이 없다. 욕심 사나워야 한다.
책은 책을 부른다. 정신의 욕구는 끝이 없다.
재물과 명예에 대해서는 그토록 욕심 사나우면서
공부는 아예 하지도 않거나 조금 하고도 금세 자족하니
인생에 향상이 없고 발전이 없다.

胸無三斗墨
何以運管城

가슴속에 서 말의 먹물이 없는데
무엇으로 붓대를 놀린단 말인가.

든 것 없이 뽑아 쓰려고만 드니 딱하다.
글쓰기 기술을 배워봤자 글 한 줄도 못 쓴다.
머릿속에 든 것이 있고,
가슴속에 찬 것이 있어야 꺼낼 것이 있다.
말단의 기교만 익혀 명문장 소리 듣는 법이 없다.

居榮在知足

영예로운 자리에 머묾은
족함을 아는 데 달렸다.

영화는 족함 속에 있다. 족함을 모르면 영화도 없다.
탐욕은 눈앞에 누리는 것을 다 하찮게 보도록 만든다.
끝까지 가는 영화는 없다.
부족해도 만족하면 그것이 곧 영화다.

道高益安
勢高益危

도는 높을수록 더욱 편안하고
권세는 높을수록 한층 위태롭다.

공부가 높아지면 마음은 차분히 가라앉는다.
풍파가 닥쳐와도 끄떡없다.
지위는 높아질수록 사람을 좌불안석하게 만든다.
언제 무너질지 몰라 늘 전전긍긍하게 한다.

上志而下求

뜻은 높게
구하는 것은 낮게.

뜻은 하늘 높이 두고, 몸은 낮은 곳에 둔다.
사람들은 자꾸 반대로만 한다.
구하는 것은 늘 저 높은 데 두고, 품은 뜻은 비루하기 짝이 없다.
그래서 사람들이 그를 천하게 본다.

今者所養非所用
所用非所養

오늘날 사람들이 기르는 것은 쓸모 있는 것이 아니고,
쓰는 것은 길러야 할 것이 아니다.

사람들이 참 이상하다.
쓸데없는 일에만 힘을 쏟고, 해야 할 일은 외면한다.
열심히 할수록 목표에서 멀어져,
부지런히 가서 딴 곳에 도착한다.
사람들이 참 이상하다.

太高則無用
太廣則無功

너무 높으면 쓸모가 없고
너무 넓으면 보람이 없다.

저 혼자 고상하면 외톨이가 된다.
함께 가려면 조금 낮춰야 한다.
오지랖이 너무 넓으면 아무것도 못 이룬다.
팔방미인은 재주 있다는 소리만 듣다가 끝난다.
조금 낮춰 한 분야에 집중하는 것이 맞다.

子孫非我有
委蛻而已矣

자손은 나의 소유가 아니니
내맡겨둘 뿐이다.

내 마음대로 되는 자식이 어디 있나?
자식은 내 소유물이 아니니 그는 그의 인생을 사는 것이 맞다.
나도 내 멋대로 내 인생을 살아왔으면서
내 자식만 내 말대로 해야 되는 법이 어디 있나.
그들이 자신의 삶을
살 수 있도록 지켜보는 것이 맞다.

我若未忘世
雖閒心亦忙

내가 만약 세상을 잊지 못했다면
비록 한가해도 마음만은 바쁘다.

한가함은 내려놓는 데서 성취된다.
시간이 남아도는 것은 한가함과 무관하다.
궁리가 차고 넘치면 마음이 부산스러워
하루 스물네 시간이 부족하다.
내려놓아야 한가하다.

著書在南窓
門館常蕭蕭

남창에 앉아서 책을 쓰느라
대문은 언제나 조용하다네.

세상을 향한 문을 닫아걸고 내 마음의 창을 활짝 열었다.
샘솟는 생각 받아적느라 바깥일에 마음 쓸 틈이 조금도 없다.
일상이 부산스러운가? 문을 닫아걸어라.
마음이 허전한가? 내면의 소리에 귀를 기울여라.

處世若大夢
胡爲勞其生

세상살이 한바탕 큰 꿈 같거니
어이해 인생을 힘들게 하나.

긴 꿈 한바탕 꾸고 나면 인생이 간다.
꿈같은 인생이 꿈 좇아 달리다가 꿈속에 간다.
깨고 보면 말짱 헛꿈인데 그 꿈을 잡으려고
내 몸만 헐떡이며 달려왔다.
뒤도 안 보고 달려왔다.

固孤是求

굳세고 외롭게, 이것을 추구한다.

나는 좀 혼자이고 싶다.
늘 같이의 삶은 이제 좀 지쳤다.
나는 남보다 내가 더 궁금하다.
알아봤자 재미없는 남보다,
나는 나와 맞대면하고 싶다.

百求百得
不以爲恩
一求不得
卽以爲怨

백 번 구해 백 번 얻으면 은혜로 여기지 않다가
한 번 구해 못 얻으면 바로 원수가 된다.

달랄 때마다 주니, 줘도 고마운 줄 모른다.
그래서 한 번 안 췄더니 원수처럼 으르렁거린다.
줘야 하나, 말아야 하나.
인생이 늘 이 주고 안 주는 문제 때문에 꼬인다.

林泉容我靜
名利使他忙

자연은 나를 고요하게 해주나
명리는 저들을 바쁘게만 만든다.

명리의 각축장에 선 사람들은 정신없이 바쁘다.
바빠서 바쁘고, 바빠야 하니까 바쁘고, 바쁠 일을 만들어서 더 바쁘다.
자연 속에서 나는 하나하나 비워간다.
오늘 하나 내려놓고 내일 하나 내려놓는다.
말수는 점점 줄고 생각이 깊어진다.
눈에 들어오는 것은 많은데 금세 고요히 가라앉는다.

汲古得修綆

옛것을 길어올리려면
긴 두레박줄이 필요하다.

긴 두레박줄이 있어야 깊은 샘물을 마실 수 있다.
두레박줄이 짧으면 달고 찬 샘물도 그림의 떡이다.
고전의 찬 샘물이 저기 있는데 내 갈증이 가시지 않는다면
두레박줄을 더 길게 늘여라. 공부를 더 해라.

돌 위에 새긴 생각

초 판 1쇄 발행 2000년 7월 13일
개정판 1쇄 발행 2017년 10월 30일
개정판 2쇄 발행 2019년 3월 15일

지은이 정민
펴낸이 정중모
펴낸곳 도서출판 열림원

출판등록 1980년 5월 19일(제406-2000-000204호)
주소 경기도 파주시 회동길 152
전화 031-955-0700
팩스 031-955-0661~2
홈페이지 www.yolimwon.com
이메일 editor@yolimwon.com

ISBN 979-11-88047-08-6 03810